Le diable au corps

FichesdeLecture.com

Le diable au corps
(Fiche de lecture)

I. BIOGRAPHIE

Raymond Radiguet est né en juin 1903. À l'âge de quinze ans, il décide d'abandonner ses études pour faire du journalisme. Mais il va très rapidement entrer dans les milieux artistiques parisiens et faire la connaissance de Jean Cocteau. Il collabore à une revue avec Tristan Tzara et André Breton. Il adresse des poèmes à Aragon qui lui dit que tout cela n'est pas mal du tout, mais devrait encore se débarrasser d'un certain classicisme. Encouragé par Cocteau il publie « Les joues en feu », mais, surtout, écrit « Le diable au corps » qui va paraître en 1923. Le succès est direct. Il écrit encore pas mal de poésie, dont des poèmes érotiques. Mais il travaille ensuite à ce qui sera son dernier livre : « Le bal du comte d'Orgel » Il attrape la fièvre typhoïde et décède en décembre 1923. Son dernier livre paraîtra en 1924 avec une préface de Jean Cocteau.

II. RÉSUMÉ

« Je » est le narrateur de cette histoire. La guerre de 14 a commencé et il n'a que douze ans. Il vit dans un petit village des bords de Marne et fréquentera le lycée Henri IV. Le vrai parcours d'un enfant doué de la bourgeoisie. Un jour, en compagnie de ses parents, il va chercher une jeune femme à la gare de son village. Elle s'appelle Marthe et a quatre ans de plus que lui. Une vraie femme !... Le fait qu'elle soit fiancée n'empêche pas ces deux êtres d'éprouver une sympathie l'un pour l'autre. À son âge, et vu celui de Marthe, pour lui plaire il ne pouvait que la faire rire ou l'étonner. Il n'aura pas de difficultés à utiliser la seconde méthode vu le caractère plutôt rétrograde de son fiancé Jacques. En effet, quand il lui parle de Baudelaire, elle lui dit que son fiancé ne lui tolère pas ce genre de lecture. Aussi lui apporte-t-il quelques jours plus tard le Baudelaire, mais aussi Rimbaud avec « Une saison en enfer ». Elle rit et lui dit : « Encore un titre qui plairait à mon fiancé. » D'emblée il crée une complicité avec Marthe et son Jacques passe pour un « ennuyeux personnage », Mais Marthe finira par se marier et il se dira qu'il ne lui reste plus qu'à l'oublier. C'est sans compter sur une lettre de celle-ci qui lui fait le reproche de ne pas venir la voir. Il ne lui en fallait pas autant pour foncer tête baissée !... À ce moment, il a seize ans et elle vingt. Pour un jeune homme de seize ans une femme de vingt ans, c'est La Femme !... Dès ce moment, il va passer par tous les stades de la passion. Timide d'abord, amoureux fou ensuite, il lui faudra aussi surmonter la crainte d'être mal reçu ou de n'être pas à la hauteur... Puis arrive la jalousie envers ce Jacques avec qui elle doit faire les mêmes gestes et de qui elle doit recevoir les mêmes caresses. Quant à Marthe, elle accepte tout sans se poser des questions : elle aime !... Et pour la première fois. Elle ne s'occupe de personne pas plus que des conséquences que cet amour pourrait avoir sur sa vie. Ah, s'il avait pu lui parler plus tôt... Elle ira jusqu'au bout de son amour, comme bien souvent seules les femmes savent le faire. Je me permets quand même de dire que lui sera un rien en retrait par rapport à elle vers la fin.

III. LE CONTEXTE

Pour commencer, il convient de se rappeler que ce livre a été écrit par un jeune homme qui a à peine vingt ans. D'autre part, nous sommes en pleine guerre et, avec Marthe, il trompe un homme qui se bat pour la France. Cela ne serait jamais bien vu, mais pour ne rien arranger, la mentalité de l'époque était encore bien plus bloquée qu'aujourd'hui. Quand on voit que Jacques pouvait encore se permettre de l'empêcher de lire Baudelaire ou Rimbaud !... Je crois que même pas mal de lecteurs ont dû trouver cette histoire bien choquante !...

IV. LES IDÉES

Je ne crois pas que, dans un grand roman d'amour, les idées soient primordiales, mais plutôt la psychologie. Ici, nos deux personnages seront décrits avec beaucoup de finesse. Les différents stades par lesquels ils vont passer seront très bien évoqués. Chez Marthe tout est clair : elle aime, point !... Quant à lui, nous ne pouvons pas ne pas sentir de temps à autres une certaine fierté ressortir, celle d'un jeune coq, des exigences apparaître. Il a aussi ses parents qui sont au courant, mais cela ne lui pose pas trop de soucis dans la mesure où son père se montre assez compréhensif. C'est d'abord pour la finesse des descriptions psychologiques que ce roman est assez fabuleux, surtout écrit par un jeune homme de vingt ans. Et à la fin, son comportement nous déçoit bien sûr, mais il peut aussi être compris...

Il y a là-dedans l'égoïsme d'un jeune garçon de son âge. Il a obtenu la passion qu'il souhaitait vivre, maintenant d'autres considérations entrent également en jeu. Triste, mais peut-être plus vrai.

V. LE STYLE

L'écriture de ce livre est d'une beauté que nous pourrions qualifier de classique. On écrivait encore très bien à cette époque et Cocteau, Gide, Colette et bien d'autres sont là pour nous le prouver.

Dans la même collection en numérique

Les Misérables
Le messager d'Athènes
Candide
L'Etranger
Rhinocéros
Antigone
Le père Goriot
La Peste
Balzac et la petite tailleuse chinoise
Le Roi Arthur
L'Avare
Pierre et Jean
L'Homme qui a séduit le soleil
Alcools
L'Affaire Caïus
La gloire de mon père
L'Ordinatueur
Le médecin malgré lui
La rivière à l'envers - Tomek
Le Journal d'Anne Frank
Le monde perdu
Le royaume de Kensuké
Un Sac De Billes
Baby-sitter blues
Le fantôme de maître Guillemin
Trois contes
Kamo, l'agence Babel
Le Garçon en pyjama rayé
Les Contemplations

Escadrille 80

Inconnu à cette adresse

La controverse de Valladolid

Les Vilains petits canards

Une partie de campagne

Cahier d'un retour au pays natal

Dora Bruder

L'Enfant et la rivière

Moderato Cantabile

Alice au pays des merveilles

Le faucon déniché

Une vie

Chronique des Indiens Guayaki

Je voudrais que quelqu'un m'attende quelque part

La nuit de Valognes

Œdipe

Disparition Programmée

Education européenne

L'auberge rouge

L'Illiade

Le voyage de Monsieur Perrichon

Lucrèce Borgia

Paul et Virginie

Ursule Mirouët

Discours sur les fondements de l'inégalité

L'adversaire

La petite Fadette

La prochaine fois

Le blé en herbe

Le Mystère de la Chambre Jaune

Les Hauts des Hurlevent

Les perses

Mondo et autres histoires

Vingt mille lieues sous les mers

99 francs

Arria Marcella

Chante Luna

Emile, ou de l'éducation
Histoires extraordinaires
L'homme invisible
La bibliothécaire
La cicatrice
La croix des pauvres
La fille du capitaine
Le Crime de l'Orient-Express
Le Faucon malté
Le hussard sur le toit
Le Livre dont vous êtes la victime
Les cinq écus de Bretagne
No pasarán, le jeu
Quand j'avais cinq ans je m'ai tué
Si tu veux être mon amie
Tristan et Iseult
Une bouteille dans la mer de Gaza
Cent ans de solitude
Contes à l'envers
Contes et nouvelles en vers
Dalva
Jean de Florette
L'homme qui voulait être heureux
L'île mystérieuse
La Dame aux camélias
La petite sirène
La planète des singes
La Religieuse
1984 A l'Ouest rien de nouveau
Aliocha
Andromaque
Au bonheur des dames
Bel ami
Bérénice
Caligula
Cannibale
Carmen

Chronique d'une mort annoncée
Contes des frères Grimm
Cyrano de Bergerac
Des souris et des hommes
Deux ans de vacances
Dom Juan
Electre
En attendant Godot
Enfance
Eugénie Grandet
Fahrenheit 451
Fin de partie
Frankenstein
Gargantua
Germinal
Hamlet
Horace
Huis Clos
Jacques le fataliste
Jane Eyre
Knock
L'homme qui rit
La Bête humaine
La Cantatrice Chauve
La chartreuse de Parme
La cousine Bette
La Curée
La Farce de Maitre Pathelin
La ferme des animaux
La guerre de Troie n'aura pas lieu
La leçon
La Machine Infernale
La métamorphose
La mort du roi Tsongor
La nuit des temps
La nuit du renard
La Parure

La peau de chagrin

La Petite Fille de Monsieur Linh

La Photo qui tue

La Plage d'Ostende

La princesse de Clèves

La promesse de l'aube

La Vénus d'Ille

La vie devant soi

L'alchimiste

L'Amant

L'Ami retrouvé

L'appel de la forêt

L'assassin habite au 21

L'assommoir

L'attentat

L'attrape-coeurs

Le Bal

Le Barbier de Séville

Le Bourgeois Gentilhomme

Le Capitaine Fracasse

Le chat noir

Le chien des Baskerville

Le Cid

Le Colonel Chabert

Le Comte de Monte-Cristo

Le dernier jour d'un condamné

Le diable au corps

Le Grand Meaulnes

Le Grand Troupeau

Le Horla

Le jeu de l'amour et du hasard

Le Joueur d'échecs

Le Lion

Le liseur

Le malade imaginaire

Le Mariage de Figaro

Le meilleur des mondes

Le Monde comme il va

Le Parfum

Le Passeur

Le Petit Prince

Le pianiste

Le Prince

Le Roman de la momie

Le Roman de Renart

Le Rouge et le Noir

Le Soleil des Scortas

Le Tartuffe

Le vieux qui lisait des romans d'amour

L'Ecole des Femmes

L'Ecume Des Jours

Les Bonnes

Les Caprices de Marianne

Les cerfs-volants de Kaboul

Les contes de la Bécasse

Les dix petits nègres

Les femmes savantes

Les fourberies de Scapin

Les Justes

Les Lettres Persanes

Les liaisons dangereuses

Les Métamorphoses

Les Mouches

Les Trois mousquetaires

L'étrange cas du Dr Jekyll et de Mr Hyde

L'Ile Au Trésor

L'île des esclaves

L'illusion comique

L'Ingénu

L'Odyssée

L'Ombre du vent

Lorenzaccio

Madame Bovary

Manon Lescaut

Micromégas

Mon ami Frédéric

Mon bel oranger

Nana

Ne tirez pas sur l'oiseau moqueur

Notre-Dame de Paris

Oliver twist

On ne badine pas avec l'amour

Oscar et la dame rose

Pantagruel

Le Misanthrope

Perceval ou le conte du Graal

Phèdre

Ravage

Roméo et Juliette

Ruy Blas

Sa Majesté des Mouches

Si c'est un homme

Stupeur et tremblements

Supplément au voyage de Bougainville

Tanguy

Thérèse Desqueyroux

Thérèse Raquin

Ubu Roi

Un Barrage contre le Pacifique

Un long dimanche de fiançailles

Un secret

Vendredi ou la vie sauvage

Vipère au poing

Voyage au bout de la nuit

Voyage au centre de la terre

Yvain ou le Chevalier au lion

Zadig

À propos de la collection

La série FichesdeLecture.com offre des contenus éducatifs aux étudiants et aux professeurs tels que : des résumés, des analyses littéraires, des questionnaires et des commentaires sur la littérature moderne et classique. Nos documents sont prévus comme des compléments à la lecture des oeuvres originales et aide les étudiants à comprendre la littérature.

Fondé en 2001, notre site FichesdeLectures.com s'est développé très rapidement et propose désormais plus de 2500 documents directement téléchargeables en ligne, devenant ainsi le premier site d'analyses littéraires en ligne de langue française.

FichesdeLecture est partenaire du Ministère de l'Education du Luxembourg depuis 2009.

Plus d'informations sur www.fichesdelecture.com

ISBN: 978-2-511-02898-8

Notes :